Hans Adler

Siebenter Bericht über die Behandlung der Augenkranken: (vom 1. Jänner bis 31. Dezember 1879) im k.k. Krankenhause Wieden und im St. Josef-Kinderspitale

Antigonos

Hans Adler

Siebenter Bericht über die Behandlung der Augenkranken: (vom 1. Jänner bis 31. Dezember 1879) im k.k. Krankenhause Wieden und im St. Josef-Kinderspitale

Unveränderter Nachdruck der Originalausgabe von 1880.

1. Auflage 2024 | ISBN: 978-3-38694-590-5

Antigonos Verlag ist ein Imprint der Outlook Verlagsgesellschaft mbH.

Verlag: Outlook Verlag GmbH, Zeilweg 44, 60439 Frankfurt, Deutschland
Vertretungsberechtigt: E. Roepke, Zeilweg 44, 60439 Frankfurt, Deutschland
Druck: Libri Plureos GmbH, Friedensallee 273, 22763 Hamburg, Deutschland

SIEBENTER BERICHT

über die

Behandlung der Augenkranken

(vom 1. Jänner bis 31. December 1879)

im

k. k. Krankenhause Wieden und im St. Josef-Kinderspitale

vom ordinirenden Augenarzte

D$^\text{r}$ Hans Adler.

Separatabdruck aus dem Berichte des k. k. Krankenhauses Wieden für das Jahr 1879.

WIEN.

Selbstverlag des Verfassers.

1880.

I. Im k. k. Krankenhause Wieden.

Der Bericht bezieht sich auf das Solarjahr 1879. Es wurden im Ganzen 1686 Augenkranke, davon 1480 ambulatorisch behandelt.

Seit dem Bestande der speciellen Augenbehandlung im k. k. Krankenhause Wieden (25. October 1872) wurden daselbst im Ganzen 10.127 Augenkranke behandelt, und zwar vertheilen sich diese in folgender Weise:

Auf die Jahre

	Ambulatorium	Spitalbehandlung	Summe
1872	91	21	112
1873	862	208	1070
1874	1024	214	1238
1875	1153	251	1404
1876	1201	242	1443
1877	1289	233	1522
1878	1422	230	1652
1879	1480	206	1686

Es hat sich somit eine ununterbrochene Zunahme der Behandlungsziffer der Augenkranken überhaupt, besonders auch im heurigen, dem 8. Jahre ergeben.

Diese Vermehrung bezieht sich auf die ambulatorisch behandelten Kranken; ein Blick auf die Tabelle zeigt dagegen, dass hiemit keine Vermehrung der im Spitale Behandelten einhergeht. So ist die Anzahl der Spitalbehandelten im Jahre 1873 208, im Jahre 1879 206, während im Jahre 1873 nur 862, im Jahre 1879 1480 Augenkranke das hiesige Ambulatorium aufsuchten. Da sich nun, wie bekannt, die Spitalbehandlung sehr häufig an die ambulatorische Behandlung anschliesst, ja sich naturgemäss die klinischen Fälle aus der Ambulanz recrutiren, so müsste fast die doppelte Anzahl von Spitalbehandelten verzeichnet werden können, wenn nicht, durch die hiesigen Verhältnisse bedingt, nur die dringendsten Fälle, die sogenannten „unabweisbaren", bisher im Hause aufgenommen würden. Noch häufiger wie in früheren Jahren mussten Augenkranke wegen relativem Platzmangel abgewiesen werden.

Die Schwere der aufgenommenen Fälle ist ersichtlich aus der grossen Anzahl der vorgenommenen Operationen (101) und aus der grossen Anzahl der hierorts behandelten Verletzungen.

Und somit hat sich diese von der hohen n.-ö. Statthalterei bewilligte, von einer löblichen Direction geförderte Ambulanz auch heuer neuerdings erspriesslich erwiesen; die Spitalbehandlung der Augenkranken aber als ein constantes, den natürlichen Verhältnissen des k. k. Krankenhauses Wieden entsprechendes Bedürfniss bewährt.

Es folgt nun der nach den einzelnen Formen geordnete Ziffernbericht:

I. Tabelle.

1. Conjunctiva.	Ambulatorium			Spitalbehandlung			
	M.	W.	Z.	M.	W.	Z.	Summe
Conjunctivitis catarrh. acuta	75	48	123	9	7	16	139
„ „ chron.	25	43	68	6	2	8	76
„ epidemica . .	1	3	4	—	—	—	4
„ exanthematica	18	11	29	1	—	1	30
„ pustulosa . .	84	87	171	2	6	8	179
„ vesiculosa . .	5	3	8	—	—	—	8
„ blennorrh. ac.	1	2	3	4	4	8	11
„ „ neonat.	4	4	8	—	—	—	8
„ postvariolosa .	1	3	4	—	—	—	4
„ diphtheritica .	6	4	10	1	1	2	12
„ membranacea.	2	7	9	—	—	—	9
„ trachomatosa .	4	6	10	—	—	—	10
„ follicularis . .	8	—	8	—	—	—	8
„ granulosa (egypt.)	32	27	59	—	—	—	59
„ traumatica . .	9	6	15	1	—	1	16

	Ambulatorium			Spitalbehandlung			Summe
	M.	W.	Z.	M.	W.	Z.	
Hypoaema subconj. . . .	4	1	5	—	—	—	5
Corpus alienum conj. . .	2	3	5	—	—	—	5
Combustio	4	3	7	—	—	—	7
Xerosis	1	—	1	—	—	—	1
Granuloma	2	1	3	—	—	—	3
Pterygium	1	—	1	—	—	—	1
Summe .	289	262	551	24	20	44	595

2. Cornea.

	Ambulatorium			Spitalbehandlung			Summe
	M.	W.	Z.	M.	W.	Z.	
Keratitis superficialis . .	9	6	15	4	4	8	23
„ parenchymatosa .	5	12	17	1	1	2	19
„ pustulosa . . .	22	35	57	8	9	17	74
„ punctata (postica)	1	1	2	—	—	—	2
„ vasculosa . . .	1	1	2	—	—	—	2
„ postvariolosa . .	1	3	4	—	—	—	4
„ suppurativa . .	1	2	3	1	—	1	4
„ neuroparalytica .	—	2	2	—	—	—	2
Exfoliatio corneae . . .	12	7	19	3	—	3	22
Ulcus corneae	18	14	32	10	3	13	45
„ cum hypop. . . .	4	3	7	3	1	4	11
„ serpens	1	1	2	3	—	3	5
Abscessus corneae . . .	4	3	7	—	—	—	7
Keratitis traumatica . . .	18	2	20	—	—	—	20
Combustio	3	1	4	1	3	4	8
Corpus alienum in cornea .	93	8	101	1	—	1	102
Pannus	2	1	3	—	3	3	6
Maculae corneae	12	17	29	1	—	1	30
Leucoma „	1	—	1	—	—	—	1
„ „ adhaerens	—	1	1	—	—	—	1
Cicatrix „	4	1	5	—	—	—	5
Ektasia „	2	1	3	—	—	—	3
Staphyloma „	3	7	10	1	3	4	14
Phthisis „	1	2	3	—	—	—	3
Summe .	218	131	349	39	25	64	413

3. Sclera.

	Ambulatorium			Spitalbehandlung			Summe
	M.	W.	Z.	M.	W.	Z.	
Scleritis vera	2	2	4	—	2	2	6
Episcleritis	3	2	5	—	—	—	5
Summe .	5	4	9	—	2	2	11

*

	Ambulatorium			Spitalbehandlung			
	M.	W.	Z.	M.	W.	Z.	Summe
4. Iris und Chorioidea.							
Hypcraemia iridis . . .	—	1	1	—	—	—	1
Iritis acuta	12	5	17	1	2	3	20
„ chron.	8	5	13	2	4	6	19
„ traumatica	1	—	1	—	—	—	1
Kerato-Iritis	5	1	6	1	—	1	7
„ traumatica . .	6	3	9	—	—	—	9
Ciliarreizung	4	1	5	—	2	2	7
Iridokyklitis	2	1	3	—	1	1	4
Iridochorioiditis	4	—	4	1	—	1	5
Chorioiditis	3	4	7	1	—	1	8
Prolapsus iridis	2	—	2	—	—	—	2
Occlusio pupillae	2	—	2	1	1	2	4
Synechiae posteriores . .	2	1	3	—	—	—	3
Mydriasis	—	1	1	—	—	—	1
Summe .	51	23	74	7	10	17	91
5. Glaucoma.							
Glaucoma simpl. chron. .	—	3	3	2	1	3	6
„ chron. inflamm.	1	3	4	—	2	2	6
„ acutum . . .	1	—	1	1	1	2	3
„ haemorrhagicum	—	1	1	—	1	1	2
„ absolutum . .	—	2	2	—	—	—	2
Summe .	2	9	11	3	5	8	19
6. Retina und Nervus opticus.							
Hypcraemia retinae . . .	2	2	4	—	—	—	4
Anaemia „ . . .	1	—	1	—	—	—	1
Retinitis	4	2	6	2	—	2	8
„ albuminurica . .	1	—	1	1	—	1	2
„ pigmentosa . . .	2	1	3	—	—	—	3
„ haemorrhagica .	1	1	2	—	—	—	2
Ablatio retinae	3	5	8	—	—	—	8
Ncuritis et Neuroretinitis .	2	1	3	1	—	1	4

	Ambulatorium			Spitalbehandlung			
	M.	W.	Z.	M.	W.	Z.	Summe
Neuritis ex tumore cerebri	2	1	3	—	—	—	3
Decoloratio	4	1	5	—	—	—	5
Atrophia nervi opt. . . .	6	2	8	—	1	1	9
Neoplasma (Glioma) . . .	1	1	2	—	—	—	2
Summe .	29	17	46	4	1	5	51

7. Corpus vitreum.

	Ambulatorium			Spitalbehandlung			
	M.	W.	Z.	M.	W.	Z.	Summe
Musci volitantes	2	3	5	—	—	—	5
Opacitates corp. vitr. . .	1	2	3	—	—	—	3
Summe .	3	5	8	—	—	—	8

8. Lens.

	Ambulatorium			Spitalbehandlung			
	M.	W.	Z.	M.	W.	Z.	Summe
Cataracta incipiens . . .	3	5	8	—	—	—	8
„ senilis	2	4	6	1	4	5	11
„ complicata . .	1	—	1	—	—	—	1
„ polaris ant. . .	1	2	3	—	—	—	3
„ capsularis . . .	1	—	1	—	—	—	1
„ perinuclearis . .	1	—	1	—	—	—	1
„ secundaria . .	3	2	5	—	—	—	5
„ traumatica . .	5	—	5	1	—	1	6
Luxatio lentis	—	1	1	—	—	—	1
Summe .	17	14	31	2	4	6	37

9. Bulbus.

	Ambulatorium			Spitalbehandlung			
	M.	W.	Z.	M.	W.	Z.	Summe
Contusio bulbi	8	1	9	4	—	4	13
Vulnera „	2	1	3	5	—	5	8
Phthisis „	1	3	4	—	—	—	4
Panophthalmitis	1	1	2	—	—	—	2
Exophthalmus	2	—	2	—	—	—	2
Affectio sympath. . . .	2	—	2	2	—	2	4
Cysticercus	—	1	1	—	—	—	1
Carcinoma	1	—	1	1	—	1	2
Summe .	17	7	24	12	—	12	36

10. Amblyopiae.

	Ambulatorium			Spitalbehandlung			
	M.	W.	Z.	M.	W.	Z.	Summe
Amblyopia ex abusu spirit.	6	—	6	1	—	1	7
„ „ „ nicot. tabac.	2	—	2	—	—	—	2
„ e. causa ignota .	3	1	4	1	1	2	6

	Ambulatorium			Spitalbehandlung			
	M.	W.	Z.	M.	W.	Z.	Summe
Amblyopia e. causa centrali	1	2	3	—	—	—	3
„ cum decoloratione	1	—	1	—	—	—	1
Hemeralopia	4	2	6	—	—	—	6
Nyktalopia	1	—	1	—	—	—	1
Summe .	18	5	23	2	1	3	26

11. Refraction und Accomodation.

	M.	W.	Z.	M.	W.	Z.	Summe
Myopia	36	14	50	—	—	—	50
Hypermetropia	18	20	38	—	—	—	38
Presbyopia	13	3	16	—	—	—	16
Asthenopia	1	—	1	—	—	—	1
Paresis accomodationis . .	2	1	3	—	—	—	3
Myodesopsia	1	1	2	—	—	—	2
Summe .	71	39	110	—	—	—	110

12. Muskelkrankheiten und Neurosen.

	M.	W.	Z.	M.	W.	Z.	Summe
Paresis oculomot. part. . .	1	1	2	—	—	—	2
„ musculi ext. . . .	2	3	5	—	—	—	5
Strabismus convergens . .	8	6	14	1	1	2	16
„ divergens . .	1	2	3	—	1	1	4
Insufficientia musc. int. .	4	2	6	—	—	—	6
Neuralgia superciliaris . .	4	1	5	—	—	—	5
Ptosis	5	—	5	—	—	—	5
Herpes Zoster	1	1	2	—	—	—	2
Summe .	26	16	42	1	2	3	45

13. Orbita.

	M.	W.	Z.	M.	W.	Z.	Summe
Neoplasma orbitae . . .	4	1	5	—	—	—	5
Summe .	4	1	5	—	—	—	5

14. Apparatus lacrimalis.

	M.	W.	Z.	M.	W.	Z.	Summe
Dacryocyst. acuta . . .	5	8	13	—	2	2	15
„ chron. . . .	—	15	15	—	—	—	15
„ suppurat. . .	1	6	7	2	—	2	9
Dacryoadenitis	1	1	2	—	—	—	2
Fistula facci lacrimalis . .	2	3	5	—	—	—	5
Summe .	9	33	42	2	2	4	46

15. Palpebra.

	Ambulatorium			Spitalbehandlung			
	M.	W.	Z.	M.	W.	Z.	Summe
Oedema palp.	7	4	11	—	—	—	11
Erysipelas	5	2	7	—	—	—	7
Eczema	7	4	11	1	—	1	12
Abscessus	6	2	8	1	1	2	10
Blepharoadenitis	17	24	41	1	—	1	42
Hordeolum	13	16	29	—	—	—	29
Chalazeon	2	3	5	—	—	—	5
Infarct. Meibomian. . . .	3	5	8	—	—	—	8
Verruca	1	1	2	—	—	—	2
Furunculus	3	1	4	—	—	—	4
Neoplasma	1	—	1	1	—	1	2
Emphysema	2	—	2	—	—	—	2
Contusio palp.	1	—	1	—	—	—	1
Vulnus	1	1	2	—	—	—	2
Combustio	1	—	1	—	—	—	1
Blepharospasmus	4	3	7	—	—	—	7
Ektropium	2	1	3	1	—	1	4
Entropium	1	4	5	—	6	6	11
Distichiasis et trichiasis .	1	5	6	1	1	2	8
Symblepharon	—	1	1	—	—	—	1
Summe .	78	77	155	6	8	14	169

II. Uebersichtstabelle.

	Ambulaterium			Spitalbehandlung			
	M.	W.	Z.	M.	W.	Z.	Summe
1. Conjunctiva	289	262	551	24	20	44	595
2. Cornea	218	131	349	39	25	64	413
3. Sclera	5	4	9	—	2	2	11
4. Iris und Chorioidea .	51	23	74	7	10	17	91
5. Glaucoma	2	9	11	3	5	8	19
6. Retina und Nervus opt.	29	17	46	4	1	5	51
7. Corpus vitreum . . .	3	5	8	—	—	—	8
8. Lens	17	14	31	2	4	6	37
9. Bulbus	17	7	24	12	—	12	36
10. Amblyopiae	18	5	23	2	1	3	26

| | Ambulatorium | | | Spitalbehandlung | | | |
	M.	W.	Z.	M.	W.	Z.	Summe
11. Refraction und Accomodation	71	39	110	—	—	—	110
12. Muskelkrankheiten und Neurosen	26	16	42	1	2	3	45
13. Orbita	4	1	5	—	—	—	5
14. Apparatus lacrimalis .	9	33	42	2	2	4	46
15. Palpebra	78	77	155	6	8	14	169
Am 1. Jänner 1879 war der Stand	—	—	—	14	10	24	24
Totalsumme . .	837	643	1480	116	90	206	1686

III. Tabelle der Aufnahme.

| | Ambulatorium | Spitalbehandlung | | | |
		M.	W.	Z.	Summe
1879 Jänner	95	8	10	18	113
Februar . . .	98	10	3	13	111
März	112	6	5	11	123
April	130	6	9	15	145
Mai	137	7	7	14	151
Juni	152	7	7	14	166
Juli	196	8	3	11	207
August	173	10	6	16	189
September . . .	107	9	12	21	128
October	91	10	9	19	110
November . . .	93	10	5	15	108
December . . .	96	11	4	15	111
Verblieben 1878 .		14	10	24	24
Totalsumme .	1480	116	90	206	1686

IV. Tabelle nach dem Wohnort der Patienten.

	Ambulatorium	Spitalbehandlung	Summe
I. Bezirk	55	4	59
II. „	12	3	15
III. „	43	8	51
IV. „	445	41	486
V. „	269	51	320
VI. „	26	6	32

	Ambulatorium	Spitalbehandlung	Summe
VII. Bezirk	9	2	11
VIII. „	8	3	11
IX. „	6	1	7
X. „	494	48	542
N.-Oe., besonders die Vororte .	101	33	134
Andere Kronländer	12	6	18
Totalsumme .	1480	206	1686

Das Ueberwiegen der männlichen Kranken, sowohl der im Ambulatorium, als auch der im Krankenhause Behandelten, ist auch heuer zu constatiren, und ist dies besonders durch das nahezu ausschliessliche Vorkommen von Verletzungen bei Männern bedingt.

Conjunctiva, Cornea und Palpebra liefern, was Erkrankungsformen anlangt, wie immer, auch diesmal das grösste Contingent.

Von den im Krankenhause Behandelten wurden 6 Männer und 6 Weiber transferirt auf andere Abtheilungen, 9 Männer, 7 Weiber gebessert, 1 Mann, 3 Weiber ungeheilt, der Rest geheilt entlassen.

Die Verpflegszeit ergibt per Kopf 27·3 Tage.

Operations-Bericht für die im Spitale Verpflegten.

Lens.

	S.D.	E.D.	N.S.D.	S.
Extraction (nach Graefe).	2	—	—	2
Extractio linearis (nach Friedrich Jäger) .	2	—	—	2
Discissio cataractae (wegen cat. secund.) .	2	—	—	2

Iris.

Iridectomien:

	S.D.	E.D.	N.S.D.	S.
wegen Glaucom	8	1	—	9
zu optischen Zwecken	5	—	—	5
wegen inflam. Processe (Iritis chronica)	6	—	—	6
wegen Staphylom	—	1	—	1
Abtragung der Prolapsus Iridis . . .	5	—	—	5

Cornea.

	S.D.	E.D.	N.S.D.	S.
Punctionen	10	3	1	14
Keratotomien (nach Saemisch)	4	1	—	5

	S. D.	E. D	N. S. D.	S.
Staphylom-Operation (nach Beer)	2	—	—	2
„ „ („ Critchett) . . .	1	—	—	1

Conjunctiva.

	S. D.	E. D	N. S. D.	S.
Circumcisio conj.	4	—	—	4
Ablatio verrucae conj.	1	—	—	1

Palpebra.

	S. D.	E. D	N. S. D.	S.
Atheroma	3	—	—	3
Trichiasis-Operation (Flarer)	7	—	—	7
Ectropium-Operation (Beer)	2	—	—	2
Canthoplastik	1	—	—	1
Abscesse, Chalazeen	7	—	—	7

Bulbus.

	S. D.	E. D	N. S. D.	S.
Enucleatio bulbi:				
wegen sympath. Affection	2	—	—	2
wegen Staphyloma	1	—	—	1

Orbita.

	S. D.	E. D	N. S. D.	S.
Eventratio orbitae				
cum cochlea aeri	1	—	—	1

Musculi.

	S. D.	E. D	N. S. D.	S.
Strabotomia int.	4	—	—	4
„ ext.	2	—	—	2

Organum lacrymale.

	S. D.	E. D	N. S. D.	S.
Operation nach Petit . . . :	1	—	—	1
„ „ Bowman	11	—	—	11
Totalsumme . .	94	6	1	101

Ambulatorisch wurden 99 Fremdkörper aus der Cornea, 5 aus der Conjunctiva extrahirt, und zwar 73mal Eisenstückchen, 4mal Messingsplitter, 11mal Sand, 3mal Schmirgel, 6mal Kohle, 2mal Insectenflügel, 5mal Fremdkörper nicht bestimmten Charakters. Abscesse der Lider, Chalezeen, Operationen nach Bowman und Petit, Punctionen der Cornea, Tätowirungen wurden in Summa 79 vorgenommen, so dass die Gesammtsumme der vorgenommenen Operationen 180 beträgt.

Es folgen die im Hause behandelten Traumen, nach dem Hauptsitze der Verletzung zusammengestellt.

Fortlauf. Nr.	Sitz d. Verletz.	Verletztes Auge	Zustand des 2. Auges	Art u. Ursache der Verletzung	Verschulden	Name und Beschäftigung	Alter	Wohnort	Diagnose und Status praesens	Complicationen	Sehvermögen	Verlauf	Therapie	Ausgang	Zeitraum seit d. Verletzung	Tag der Aufnahme	Tag der Entlassung	Behandlungsdauer	Schwere der Verletzung
1	Palpebra	Beide		Terpentinöl	bei der Arbeit	A. H., Fabriksarbeiter	39	V.	Eczema palpebr.	Eczoma faciei et antibrach. utr. Catarrhus conj.	$S = {}^{20}/_{30}$	Normal	Unguent. diachyl. Hebra (Maske)	Röthung d. Lidhaut	2 Tage	$\frac{27.}{10.}$	$\frac{5.}{11}$	10	leicht
2		R. $S = {}^{20}/_{20}$		Raufhandel		S. S., Taglöhner	46	Breitensee	Ecchymoma conj. et palpebr.		$S = {}^{20}/_{20}$	Normal	Kalte Umschläge	Normal	1 Tag	$\frac{2.}{7.}$	$\frac{4.}{7.}$	3	leicht
3		R. $S = {}^{20}/_{20}$		Raufhandel, m. einem Trinkglas	Fremdes	Ch. J., Taglöhner	28	Oberlaa	Ectropium palp. sup. dextr. durch eine Narbe bedingt	Lagophthalmus Cat. conj.	$S = {}^{20}/_{20}$	Normal	Cantho-plastik	Lagophthalmus behoben	6 Wochen	$\frac{1.}{6.}$	$\frac{23.}{6.}$	23	schwer
4	Cornea	R.	Catarrh. conj. chron.	Schlag m. einem Blechgefäss	durch Unvorsichtigkeit	T. R., Taglöhnerin	42	Margarethen am Moos	Vulnus contusum corneae d. Ulcus corneae cum hypopio.			Normal	Keratotomie nach Saemisch. Iridectomia nach innen	Centrale Narbe. Breites Colobom	14 Tage	$\frac{27.}{8}$	$\frac{13.}{10.}$	49	schwer
5		R.	Macul. corneae central.	Schwefelsäure	bei der Arbeit	St. M., Fabriksarbeiterin	40	IV.	Combustio corneae dextr. gradus gravis	Combustio faciei	Fingerzählen in 1 Met.	Keratitis ulcerosa c. hypopio.	Eserin. Punctio corneae 2mal	Maculae corneae diffus.	4 Tage	$\frac{7.}{10.}$	$\frac{24.}{10.}$	18	schwer

— 12 —

Fortlauf. Nr.	Sitz d. Verletz.	Verletztes Auge	Zustand des 2. Auges	Art u. Ursache der Verletzung	Verschulden	Name und Beschäftigung	Alter	Wohnort	Diagnose und Status praesen'	Complicationen	Sehvermögen	Verlauf	Therapie	Ausgang	Zeitraum seit d. Verletzung	Tag der Aufnahme	Tag der Entlassung	Behandlungsdauer	Schwere der Verletzung
6	Cornea	R.	Normal	Kalk	Zufall	K. H., Schnlkind	8	X.	Combustio corneae dextr. gradus gravis	Combustio conjunctivae	Lichtempfindung	Keratitis ulcerosa	Entfernung von Kalk; Oel, Atropin, Eisnmschläge	Symblepharon, Macul. corn	8 Tage	30./10. 1878	4./1.	67	schwer
7		L.	Normal	Glühou des Eisenstück	bei der Arbeit	K. W., Schlosser	19	V.	Combustio corneae sin superficial. Ein 1 Mm. breiter, von oben nach unten ziehender Epithlialverlust der Cornea	Combustio palpebr. et conjunct.		Normal	Atropin-Verband	Restitutio ad integrum	1 Stunde	7./2.	27./2.	21	leicht
8		L	$S = {}^{20}/_{30}$	Schwefelsäure	Fremdes (aus Rache)	C. L., Gärber	28	X.	Combustio corneae et sin. sclerao	Combustio palpebr et conjunct.	Lichtempfindung	Keratitis ulcerosa	Eisumschläge, Oel, Atropin-Verband	Macul. corn. diffus. Pterygium	5 Stunden	3./6.	7./7.	35	schwer
9		L.	$S = {}^{27}/_{30}$	Grane (von Gerste)	bei der Arbeit	K. S., Knocht	26	Oberlan N.-Oe.	Ulcus corneae traumaticum. Ein 3 Mm. im Durchmesser betragonder centraler Substanz-(Epithelial-) Verlust			Normal	Atropin-Verband, Punctio corneae	Macul. corn. centralis	2 Tage	14./6.	11./7.	28	schwer

#		Auge	S	Verletzung durch		Name, Beruf	Alter	Ort	Diagnose		Visus	Augenhintergrund	Behandlung	Ausgang					
10	Cornea	L.		Holz-splitter	bei der Arbeit	W. R., Tischler	19	V.	Ulcus corneae traumat.			Normal	Atropin-Verband	Macul. corn.	14 Tage	3. / 7.	26. / 7.	24	leicht
11		L.	S = 6/12	Stein	bei der Arbeit	M. J., Bahnarbeiter	66	Simmering	Ulcus corneae c. hypopio. Centrales Hornhautgeschwür, Hypopium erreicht den Pupillarrand		Lichtempfindung	Normal	Paracentesis corneae, Atropin-Verband	Macul. corn. Fingerzählen auf 1½ Meter Entfernung. Glaskörpertrübung	8 Tage	12. / 7.	23. / 8.	43	schwer
12		L.	6/6	Eisen-splitter	bei der Arbeit	S. J., Schlosser	17	Simmering	Ulcus corneae traum.			Normal	Atropin-Verband	Restitutio ad integrum	13 Tage	22. / 9.	4. / 10.	13	leicht
13		R.	6/6	Granit-splitter	bei der Arbeit	T. F., Taglöhner	59	Oberlaa	Ulcus corneae traumat. c. hypopie. Randständiges Geschwür		Lichtempfindung	Normal	Paracentesis corneae, Eserin	Macul. corn.	8 Tage	23. / 9.	20. / 11.	59	schwer
14	Bulbus	R.	6/6	Faust-schlag	Fremdes	Z. B., Taglöhner	36	Inzersdorf am W.-Berg	Contusio bulbi, Ciliar-Injection		6/9	Normal	Kalte Umschläge, Atropin	Restitutio ad integrum	1 Tag	13. / 1.	16. / 1	4	leicht
15		L.	6/5	Kupfer-splitter	bei der Arbeit	S. E., Kesselschmied	23	Simmering	Vulnus punctum c. sin. Stichwunde im Centrum der Hornhaut	Cataracta traumatica	Lichtempfindung	Chorioiditis	Hirudines Laxans, Eisumschläge, Eserin	Papillenschwarte, keine Lichtempfindung	1 Tag	12. / 2.	10. / 3.	27	schwer

- 14 -

Fortlauf. Nr.	Sitz d. Verletz.	Verletztes Auge	Zustand des 2. Auges	Art u. Ursache der Verletzung	Verschulden	Name und Beschäftigung	Alter	Wohnort	Diagnose und Status praesens	Complicationen	Sehvermögen	Verlauf	Therapie	Ausgang	Zeitraum seit d. Verletzung	Tag der Aufnahme	Tag der Entlassung	Behandlungsdauer	Schwere der Verletzung
16	Bulbus	L.	6/6	Steinwurf	Fremdes	K. J., Taglöhner	22	Weidlingau	Vulnus contusum b. sin. 16 Mm. lange, von oben nach unten verlaufende Wunde der Horn- und Lederhaut, mit Zerreissung und Vorfall der Iris und Choroidea	Cataracta traumatica	Lichtempfindung	Panophtalmitis	Abtragung der vorgelagerten Iris. Antiphlogistisch	Phthisis bulbi	5 Stunden	27./2.	15./4.	48	schwer
17		R.	6/6	Glühendes Eisenstück (1/2 Zoll lang mit scharfen Rändern)	bei der Arbeit	M. F., Schmied	35	X.	Vulnus contusum o. d. Horizontal verlaufende, klaffende, mit scharfen Rändern versehene Continuitätstrennung der Hornhaut, mit Zerreissung und Vorfall der Iris und Choroidea	Cataracta traumatica	Keine Lichtempfindung	Drucksteigerung, bedingt durch Aufquillen d. verletzten Linse. Erbrechen und unerträgliche Schmerzen	Abtragung der vorgelagerten Iris und Choroidea. Hirudines Laxans, Eisumschläge. 2/3 Paracontesis corneae behufs Entfernung der Cataractamassen	Cicatrix corneae, Kammer theilweise hergestellt, Iris und Choroidoalcolobom. Lichtempfindung	1 Stunde	8./5.	14./6.	38	schwer

Bulbus

18	L.	6/6	Stockschlag	Raufhaudel	B. R., Musiker	21	IV.	Coutusio bulbi s. Hypohaema	Sugillationes palpebr.	Handbewegung auf 0·5 Meter	Normal	Kalto Umschläge, Verband, Pilocarpin-Injectionen	Glaskörpertrübung S = 6/36 mühsam	2 Tage	1./7.	23./7.	23	schwer
19	R.	6/6	Stockschlag	Raufhandel	U. J., Taglöhner	45	Wekkersdorf	Vulnus contnsum b. dextr. Hypobaema	Vulnus contns. palpebr. dextrae	Schwache Lichtempfindung	Normal	Kalte Umschläge, Atropin-Verband	Glaskörpertrübung S = 6/24 mühsam	4 Tage	17./7.	13./8.	28	schwer
20	L.	6/6	Schnitt mit Messer	Raufhandel	R. W., Taglöhner	18	X.	Contusio bulbi sin. Vnlnus scissum palpebr. 1 Cm. lange Lappenwunde des linken oberen Lides. Spannung des linken Bulbus bedeutend geringer		S = 6/60 mühsam	Normal	Kalte Umschläge Atropin-Verband	S = 6/36 prompt	4 Tage	25./9.	7./10.	12	schwer
21	L.	6/6	Abspringendos Eisenstück	bei der Arbeit	J. A., Eisendreher	22	X.	Vnlnus punctum bulbi sin. 3 Mm. hinter dem Cornealrand eino 2 Mm. lange Stichwunde der Sclera mit Glaskörpervorfall	Vulnns lacer. palpebr. sup. sin.	Fingerzählen in 1 Met	Normal (Gelbschen)	Morphinm-Injection, Druckverband. Pilocarpin-Inject.	Auf Pilocarpin trat auffallendes Bessersehen ein S = 6/12	6 Stnnden	10./11.	6./12.	27	schwer
22	R.	6/6	Abspringendes Eisenstück	bei der Arbeit	K. W., Eisendreher	30	X.	Contusio bulbi d. Hypohaema	Vulnus lacer. conjunctivae bulbi	S = 6/24	Normal	Kalte Umschläge, Atropin-Verband	S = 6/12	3 Stunden	18./11.	22./11.	5	schwer

II. Im St. Josef-Kinderspitale *).

Im Ganzen wurden im Jahre 1879 daselbst 400 augenkranke Kinder behandelt. Davon waren 359 in ambulatorischer, 41 in Spitalbehandlung.

---

*) Der Detailbericht ist im „38. Jahresberichte des St. Josef unentgeltlichen Kinderspitales 1879" enthalten.

Druck von Wilhelm Köhler, Wien, VI. Mollardgasse 41